Uma pátria que eu tenho

Uma pátria que eu tenho

Fernando Bonassi
Victor Navas

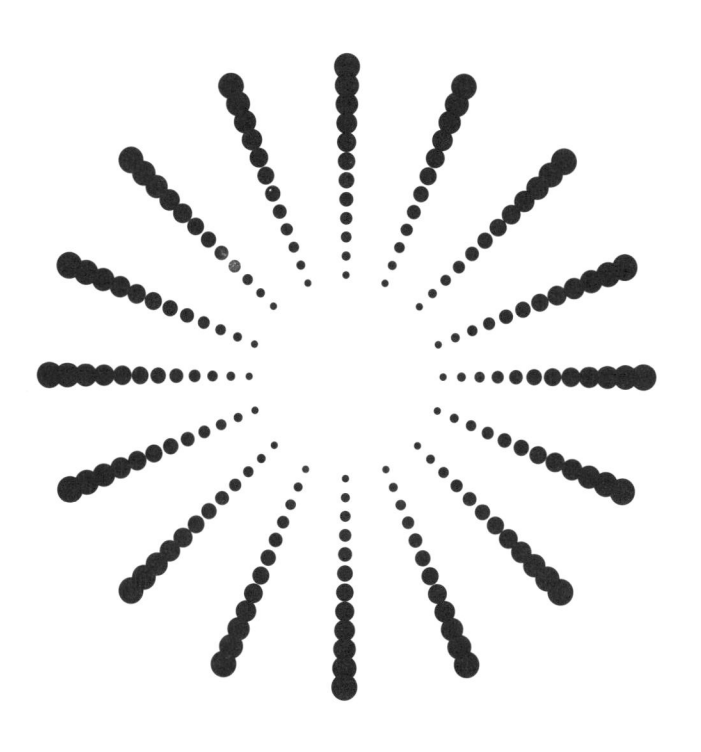

editora scipione

Personagem
Pracinha da Força Expedicionária Brasileira.
Entre 70 e 75 anos. Homossexual.

Ambientação
Uma máquina de costura Singer (manual).
Um banco. Caixa de costura. Roupas e retalhos.

CENA ÚNICA

O personagem PRACINHA, sentado junto de sua velha máquina de costura, canta serenamente um trecho da "Canção do Expedicionário" (letra: Guilherme de Almeida; música: Spartaco Rossi). Ele pontua o trecho da música com os ruídos que produz com a máquina.

PRACINHA
(cantando) Você sabe de onde eu venho?
Venho do morro, do Engenho,
Das selvas, dos cafezais,
Da boa terra do coco,
Da choupana onde um é pouco,
Dois é bom, três é demais.
Venho das praias sedosas,
Das montanhas alterosas,
Dos pampas, do seringal,
Das margens crespas dos rios,
Dos verdes mares bravios
Da minha terra natal.

Por mais terras que eu percorra
Não permita Deus que eu morra
Sem que volte para lá;
Sem que leve por divisa
Esse "V" que simboliza
A vitória que virá:
Nossa vitória final,
Que é a mira do meu fuzil,
A ração do meu bornal,
A água do meu cantil,
As asas do meu ideal,
A glória do meu Brasil.

Para de cantar. Encara a plateia.

PRACINHA

Desde que eu me lembro, estou na casa da minha avó. Sou um dos menores. Por isso, um dos primeiros que ganha comida. Minha vó fazia questão.

A mesa não cabe. Cada um agarra um prato e senta no chão. Então eu ouço vozes. Presto atenção nas conversas: o que precisava ser feito, o que já tinha acabado, uma mágoa, um combinado, uma comemoração. E assim se dizia as coisas uns pros outros; sentados, abraçados nos pratos. Minha vó dava risada. Dizia que era uma família que comia e cagava tudo igual.

Acordar, comer, cagar, aprender a ler, escrever carta, cortar unha, cortar cabelo, brigar, fazer as pazes, se assustar, fazer promessa, fazer fogueira, ouvir rádio, dançar em baile, deitar e dormir. Todo mundo junto. De dia e de noite. A gente sempre dividiu calor.

Ninguém parava. Mesmo eu, de pequeno. Tanta coisa pra fazer. Lá fora tudo ia nascendo e ficando um por cima do outro. Dava trabalho.

O campo de futebol é numa descida e as crianças ficam brigando pra ver quem joga contra o gol lá de baixo, onde a bola vai sozinha. Nunca perdi um jogo. Não jogava. Ia ver. Vi as crianças virando meninos, vi os meninos virando rapazes, vi os rapazes virando homens. Vi tudo isso. Eu gostava de ver isso... Eu gosto de ver isso.

Além desse campo tem uma ponte por cima de um rio e um rio que costuma subir por cima da ponte e das casas que ficam perto. Eu vivi nesse lugar até o dia em que veio um telegrama. Feito a enchente, subindo o morro. Era o caso do Brasil precisar de mim, como a minha vó já tinha me avisado. Aquela era a primeira vez que o Brasil precisava de mim. Então eu fui.

Fui andando. Vinte quilômetros até o trem. Tinha ganhado um pão da minha vó. Tava embrulhado num pano de prato com um bordado de flor. Não durou nada. Tive que dividir com os meus irmãos. Ficaram me seguindo. A gente não achava um jeito de se despedir. Como o sol foi esquentando muito, tive de decidir por nós. Parei, abracei cada um e falei que precisava ir mais rápido. O pano de prato bordado de flor eu levei. Dobrado dentro do bolso.

Eu nunca tinha saído dali. E era a primeira vez que eu ia fazer alguma coisa com gente que eu não conhecia. Pensava muito nisso. Mas não tinha medo. Era mais curioso.

No trem, quando o cobrador viu o telegrama na minha mão, disse que soldado não pagava e me deu um bilhete. "Soldado"... eu já era um soldado. Também gostei disso.

O major disse que só ia viajar quem tivesse saúde. Eu nem sabia se queria ir ou ficar. Mas eu queria passar naquele exame. Achei que minha vó ia ficar chateada se eu não passasse. E a gente ficou pelado, e encostaram uns ferros gelados pra tirar altura e peso, e a gente fez xixi e coco numas latinhas, e tiraram sangue, e teve quem desmaiou, e eu pedi pra ouvir o meu coração com o estetoscópio do major. Ele deixou. Como quem faz vontade de criança.

Quem não servia era mandado embora: os baixos, os gordos, os vesgos, os que tinham pé chato, problema no coração, menos de 26 dentes... Eles queriam que o soldado fizesse boa figura. Eu já entendia isso. Minha vó sempre dizia pra gente colocar a melhor roupa quando ia visitar alguém.

No exame, eu achava que tinha passado. E com nota boa, porque não senti dificuldade nenhuma pra fazer o que me pediram. Eu só fiquei com uma vergonha e um interesse naquele monte de rapaz pelado.

Quando o major voltou, tinha uma lista na mão e confirmou o que eu já sabia: tinham gostado de mim e de mais alguns. Dos que eles não gostaram, teve quem ficou alegre, teve quem ficou triste. Quem ficou alegre devia ter algum plano importante pra fazer; quem ficou triste...

Pra gente que ficou ali, o major disse que o pelotão tinha seis dias pra se despedir da família. Agora eu era de um pelotão. Um soldado de pelotão. Como eu não queria fazer meus irmãos andarem debaixo de sol outra vez, resolvi que já tinha me despedido. Pedi pro major para ficar na base. Ele deixou. Antes me perguntou se eu não queria mesmo aproveitar meus últimos dias. Eu não pensava que eram meus últimos dias. Eu estava indo viajar. Pra Europa, me disseram. Eu não conhecia ninguém que tivesse ido tão longe.

Quando todo mundo voltou de casa, passou um caminhão e o major disse: "Esse caminhão vai levar vocês para o Rio de Janeiro". Fiquei triste. Queria ir pra Europa. Devo ter dito isso para alguém, porque me lembro de alguém dizer: "Bobo, é do Rio que sai o navio para a Europa".

No caminhão o assunto já era a guerra. Íamos pra guerra. Uma animação só. Parecia que a gente ia matar todo mundo. Que nada ia ficar em pé naquela Europa depois que a gente passasse. Eu achava engraçada essa conversa, porque ninguém tinha arma, nem farda, nem capacete...

No Rio de Janeiro, a noite chegou antes do nosso caminhão. Como era de noite, ninguém viu o Rio de Janeiro que falavam que o Rio de Janeiro era. Fomos direto para um quartel. Colocaram todo mundo num armazém. Era grande e cheirava bem. Cheiro de roupa lavada.

Quando eu ia receber minha farda, meu capacete e minha arma? Não perguntei. Não precisei. Um rapaz... um homem... olhos verdes, nunca vi nada tão verde... ele comentou: "Soldado sem farda?!". O oficial que tinha acordado pra receber a gente foi educado. Disse que ali ainda não tinha soldado pra usar farda. A gente era "praça". Não tinha posto. Naquele quartel daquele Rio de Janeiro sem mar, a gente ia morar um tempo, aprender a se comportar numa guerra.

Fazer ginástica; correr; se arrastar por baixo de arame; pular cerca; subir em corda; mirar; cavar buraco; limpar ferimento; parar o sangue; dar injeção; usar sulfa, morfina, manter a ordem, a limpeza e a calma; obedecer, ficar amigo, depender dos outros; fazer fogo; economizar água; engraxar bota; render um inimigo; carregar peso; se esconder; esperar o tempo certo de jogar uma granada; conhecer a bala certa de cada canhão, de cada metralhadora; matar com revólver, faca, pedaço de pau, com as unhas... se virar com pouco. Guerra era uma coisa de se virar com pouco.

Eles sempre diziam que a gente era mal-acostumado. Que gente mal-acostumada se dana numa situação daquelas. Fica atordoado com a surpresa. Bala, bomba, mina, comida podre, água envenenada, a pessoa que não põe na cabeça que a situação é toda contra ela, que tudo é pra prejudicar, então é melhor ficar em casa. Guerra é coisa de costume. De atenção. No fundo, eles queriam acostumar a gente com uma coisa muito difícil: levantar, sair, matar e, quando desse, não morrer.

Quando deixaram, antes de tudo, fui ver o mar. O mar deixou que eu visse ele inteiro. Porque não tinha nada entre a areia e o horizonte. Nada entre onde eu estava e o que eu queria ver. Nesse dia, me senti muito pequeno. Depois, não pensei mais nisso.

Cada dia a gente descobria que era mais burro. E se sentia mais forte. Com o tempo, além das coisas que me pediam pra fazer, eu fazia as que achava que devia.

Na primeira vez eu vi aquele rapaz, aquele homem de olhos verdes, em dificuldade. Não conseguia pregar um botão! Peguei a agulha e a linha. Com jeito. E fiz fácil o que era tão difícil pra ele. O rapaz... o homem, agradeceu. Foi a primeira vez. Depois teve outras. E assim, com essa facilidade que era minha, evitei o que mais me assustava: ficar sozinho naquele Rio de Janeiro.

Não fiquei. Nem de dia, nem de noite. Nem no quartel, nem na praia. Toda vez que eu estendi a mão, teve outra que me pegou.

PRACINHA

(**cantando**) Eu venho da minha terra,
Da casa branca da serra
E do luar do meu sertão;
Venho da minha Maria
Cujo nome principia
Na palma da minha mão.
Braços mornos de Moema,
Lábios de mel de Iracema
Estendidos para mim.
Ó minha terra querida
Da Senhora Aparecida
E do Senhor do Bonfim!

Por mais terras que eu percorra
Não permita Deus que eu morra
Sem que volte para lá;
Sem que leve por divisa

Esse "V" que simboliza
A vitória que virá:
Nossa vitória final,
Que é a mira do meu fuzil,
A ração do meu bornal,
A água do meu cantil,
As asas do meu ideal,
A glória do meu Brasil.

Para de cantar.

PRACINHA

Agora eu tinha uma farda e um pouco de conhecimento daquilo que eu nem tinha imaginado antes. Então era hora e o caminhão estacionou do lado de uma parede cinza. Enorme. Querendo vir por cima da gente. Demorou um pouco pra eu entender que era o casco do nosso navio. Tive que levantar a cabeça até quase cair de costas. Um prédio deitado na água. Tive um entusiasmo. Fiz força pra aceitar que aquilo boiava. Mas eu via as escadas balançando, minúsculas; penduradas até o cais. Via também as cordas. Gordas. Inchadas. Pensei: "Que tipo de bicho precisa ser amarrado com uma corda desse tamanho?".

O mesmo bicho que precisava daquelas montanhas de ferro e comida que subiam nos guindastes. Gente. Muita gente. Em fila. Uma fila se enroscando na outra. A fila dos praças com sacos nas costas que já iam entrando no barco. E a outra. A nossa. Era tanta gente que eu duvidava que ia sobrar uma bagagem daquelas pra mim.

Descemos do caminhão com as mãos abanando, meio com pressa, meio atrapalhados com o zum-zum do que se passava. Nem precisamos de ninguém pra dizer o que era preciso ser feito. Seguimos naquela fila justa e certa até o depósito onde se lia "Intendência". Lá nós também ganhamos esses sacos que fazia cada um ter o seu fardo. E cada fardo tinha uma quantidade de coisas e cada coisa tinha o seu lugar, conforme mandava a lista de coisas que a gente recebia junto com as coisas de verdade. Prato, garfo, cantil, escova e pasta de dente, aparelho de barba, calção, camiseta, bibico, galocha... nós íamos passar um tempo longe e esses presentes, parecia, eram pra gente se sentir um pouco mais à vontade fora de casa.

Sempre andando. Uma formiga atrás da outra atrás da uma. Tudo igual. Todos na mesma urgência. Porque a gente tinha uma urgência grande, que nem era daquele dia e, acho, nem daquela guerra... Se todo mundo não tivesse tão bem-vestido, dava pra dizer que era só pra ajudar no carregamento. Mas que nada: a fila de homens ia subindo no navio com as coisas. E cada grupo de coisas tinha o seu homem pra carregar no lombo.

Não tinha tanto sol como no dia em que eu dividi o pão com os meus irmãos e eles ficaram para trás, mas eu queria ir logo. Acho que eu não era o único, apesar das pessoas ficarem ali, apertadas umas contra as outras, dizendo que iam voltar logo, como se todos fossem amigos do chefe e conhecessem os horários e os lugares onde iam fazer a sua guerra. Mentira. Tudo faz de conta. Nós íamos ignorantes de todos os jeitos; não era impossível que nem levassem a gente pra bendita da Europa. Era o que diziam, mas diziam pouco e sempre da maneira mais torta de se afirmar um destino.

Chegou a minha hora de subir as escadas que balançavam por cima daquele par de metros que separavam o ferro do navio do cimento do cais. Apesar da altura e da tontura que aquele dia deixava nos praças, ninguém nem fez menção de cair naquele vão. Todo mundo se cuidou muito pra não provocar acidentes que pudessem envergonhar os outros. Cada pé firme num degrau antes de partir pra outro. Assim, quando cheguei lá em cima do fim da escada que não acabava mais, me virei e ergui o braço direito. Lá embaixo, muitos braços direitos também levantaram. Pra mim e pros outros. Ninguém pareceu ter ficado sem um adeus, mesmo que fosse roubado de outra família.

No convés, diante dos canhões que tinham até uma capa de lona feita com muito cuidado, se via uma parede branca de marinheiros americanos. Estavam lá pra receber a gente, mas nem parecia. Ficavam duros, um do lado do outro, um mais duro e mais ao lado do outro, fingindo que não viam a gente se enrodilhar por eles, admirados e agradecidos que eles levassem justamente nós praquele lugar onde achavam que era preciso estar.

Essa era a beleza que eu pude ver naquele dia daquela época. E eu me lembro bem porque prestei atenção. Porque era forte. Porque era justo. Porque me arrepiava. E antes que eu não tivesse visto bem aquela beleza, que era uma maravilha demais pra quem sempre tinha ficado num campo de futebol onde os times nem tinham uniforme, antes de ter uma boa noção dessa beleza poderosa, eu não desci ao lugar onde eu deveria ter ido imediatamente. Porque os alto-falantes diziam pra gente fazer isso. Diziam em inglês, depois em português. Pode ser que eu aprendesse a conversar com os marinheiros americanos se eu também prestasse atenção no alto-falante, nas diferenças das palavras...

Cada um recebeu dois números, além do número que cada um já tinha como praça e que aparecia nas listas de embarque. Um era o número do quarto e outro da cama. Achei aquilo tudo muito organizado e benfeito. Com essa convicção, não demorei pra achar meu lugar de dormir e onde pudesse ser encontrado por quem quer que fosse. Porque, naquela viagem, aquele era o nosso endereço: de lá é que partíamos pro café da manhã, pro almoço, pra janta, pro banho e, se fosse caso, pro bote salva-vidas. Mas devíamos ser encontrados lá. Sempre. Pra qualquer motivo. Às ordens.

O quarto, como todos que eu tinha conhecido antes, precisava dividir. Esse era grande... como grande era a turma pra dormir nele. Então me deu uma coisa de saber daquela organização. Não aguentei. Contei: dez filas de dez beliches de lona de quatro lugares. Quatrocentos justinho. Cem prateleiras de gente. Alguém percebeu que aquele quarto ficava embaixo d'água. Como se confiava muito naquelas paredes de ferro, não tivemos medo.

Um sargento disse que iam passar umas duas semanas até a gente saltar do navio, chegar à Europa. Então começamos as combinações sobre a arrumação e a limpeza de tudo. Isso nunca me incomodou e também não me incomodou naquela hora. Peguei a minha parte como todos pegaram as suas.

Nisso já tinha um peso que não era mais o do quartel, do lugar onde a gente sabia que nada de ruim ia acontecer além de um mal-entendido. Já tinha uma responsabilidade. Era a maneira como a gente se sentava no beliche e como punha perto, pendurado num esparadrapo ou num alfinete, uma coisa, pequena, que fosse a lembrança que cada um quisesse ter: uma fotografia, um pé de meia de criança, um feixe de cabelo da namorada amarrado num laço vermelho... era sério e era doce.

Na terra que eu andava antes, o chão não fazia barulho. Naquela casa de ferro, cada passo que eu dava voltava pra mim com um eco. O mesmo eco que voltava pra cada um e pra toda gente que se despejava ali.

Subi pra ver melhor como as outras pessoas se separavam. Porque eu tirei por mim: a guerra serviu pra me separar de umas pessoas e conhecer umas novas. Não vi nada errado nisso.

Tinha família que queria subir no navio. Ficar com os seus até a última hora. Mas não era possível. A família já era menos importante que a guerra.

Então as porteiras se fecharam e as escadas foram recolhidas pelos marinheiros americanos. Eu reparei direito como aqueles marinheiros americanos recolhiam as escadas pisoteadas sem sujar a roupa branca. É gostoso ver um serviço benfeito.

Seria melhor se a gente tivesse ido embora logo. As pessoas, que ainda não tinham saudade, não sabiam mais o que fazer. Ficaram lá, com os braços doídos, os ombros duros, roucos de gritar a mesma coisa o dia inteiro. Pra nós, já despedidos, o cansaço não era diferente.

A primeira pessoa que deu as costas foi uma mulher. Carregava um cachorro. O cachorro continuou olhando pro navio. Acho que foi essa mulher que deu a ideia pras pessoas que elas podiam ir embora. Não foram de uma vez. Nem foram todas. Naqueles dias, no cais, sempre teve alguém que velasse pela gente. Eu vi o tempo passar naquelas pessoas. Foram ficando empoeiradas, amarrotadas e enrugadas, mas faziam questão de ver o navio ir embora. Tem coisas que cansam o peito demais...

Eu entendi o motivo de tanta espera. Um dia, de repente. Tinha banda. Tinha bandeira do Brasil, dos Estados Unidos e outras que eu não conhecia. Tinha pomba. Tinha ordem de formar no convés. Os marinheiros americanos vestiram uma farda diferente. Parecia ainda mais branca que a outra, porque era mais bonita.

Não subiram de escada. Não porque eram velhos, mas porque eram importantes. Desceram uma rampa pra encontrar com eles. Tinha até corrimão. Apareceu um baixinho pendurado de medalhas e um padre com chapéu esquisito. Virei e perguntei quem era o baixinho e pra que um padre. Um meu companheiro, sem olhar pro lado, chegou a rir. De mim. Eu não tinha ideia de que aquele baixinho era o Presidente do Brasil e nem que precisava de um bispo pra mandar soldado ir com Deus fazer a guerra. Não ouvi o que eles disseram. Ventava muito. Mas achei bom que aqueles dois estivessem preocupados com a gente.

Foi só eles irem embora pra ligarem os motores. Uma tremedeira vindo da sola do pé e fazendo um tipo de cócega. Passou no alto-falante, primeiro em inglês. Não precisou esperar que passasse em português. Cortaram o cordão e o navio começou a se mexer. Fazia espuma. Um rabo branco.

Quando a cidade sumiu e a gente ia ficar sozinho, isso não aconteceu; porque apareceram três barcos menores pra acompanhar a viagem. Aqueles eram brasileiros. Eu não entendia o que eles iam fazer, tão pequenos pra defender nosso navio. "Nosso navio" era o modo de dizer, porque os americanos tinham alugado.

Se a gente está na casa de alguém, não deve gritar, falar palavrão, não pode derrubar coisas, repetir comida, deixar resto, discutir, fuçar, ficar doente. Precisa sentar e mastigar direito, enxugar a pia depois de lavar as mãos, arrumar cozinha, prestar atenção, dar descarga, agradecer... É ruim viver de favor. Mas os marinheiros americanos vieram buscar a gente. Eles conheciam melhor o caminho daquela guerra.

Vomitar eu não vomitei. Que eu era bom nas brincadeiras de pular com a barriga cheia. Mesmo sendo uma tropa de homens soldados indo pra guerra, tinha bastante estômago fraco naquela turma. Ninguém desmereceu ninguém por isso, mas eu não tive essa fraqueza.

Fiquei disposto pra tudo. Arrumei cama, varri chão, lavei banheiro. Como todo mundo. Que já era certo, nessa altura, que mesmo uma guerra não se faz na bagunça.

Inventaram um prêmio pro quarto mais arrumado. Como a gente logo percebeu que todo quarto arrumado ficava igual, resolveu inventar. Convenci os meus amigos que deixar o cobertor dobrado no pé da cama era um desperdício. A gente podia chamar atenção com eles. Mostrei como tinha dobrado o meu: fazendo o "V" da vitória. Sabia que ia ser um sucesso. Os marinheiros americanos sempre faziam o "V" da vitória com os dedos, quando queriam dizer "oi" ou "tchau" pra nós.

Veio um oficial bem-arrumado. A mesma boa arrumação que usaram pra receber o Presidente do Brasil. Falou em português, lendo num papel. O prêmio era nosso. O oficial apertou a mão de alguns e foi embora. Quando meus amigos descobriram que o prêmio era "reconhecimento", acharam pouco. Eu não! Disse pra eles: aquele homem tinha mudado de roupa e vindo até ali elogiar a gente! Disse mais: que não era comum as pessoas falarem bem das outras. Dava confiança. Que era uma honra que aquilo tivesse acontecido. Dizia aquelas coisas com tanta força, que todo mundo me ouviu. Em silêncio. E ficaram em tanto silêncio que eu precisei avisar que tinha acabado.

Eu sempre procurava serviço: buscar água, entregar envelope, dar recado. Passeava. Assim eu conhecia aquele navio americano. Conhecia cada dia mais, conheci muito... e não conheci tudo! Mesmo quando não precisava entregar envelope, carregava um. Dava importância. Com essa minha ideia do envelope, eu até cumprimentava os policiais que ficavam pra proibir a gente de entrar em alguns lugares.

Não existe silêncio no mundo. Eu já prestei atenção. Fiquei quieto em lugares quietos e, ainda assim, ouvia. Tudo faz barulho. Mas no meio do mar, tem o vento que brinca com o barulho. O vento podia me trazer, de repente, uma palavra em inglês, um assobio, uma reclamação abafada, uma ordem, uma reza. Acabava ouvindo o que não era pra mim. O vento espalhava alguns segredos e apagava outros. Acontecia de eu não ouvir inteira uma coisa que um amigo me dizia no ouvido e perceber direitinho uma colher que caía no refeitório, lá longe. Só o motor o vento não vencia. Ficava por baixo, entocado na água, borbulhando e tremendo nos corredores de lata.

Navio era *ship*; mar era *sea*, peixe era *fish*, guerra era *war*, soldado era *soldier*, solidão era *loneliness*, envelope era envelope mesmo. *It's a sunny day* quer dizer que era um dia de sol; *I'm going to bed now* quer dizer que a pessoa ia dormir; *Where did you come from?* ele queria saber de onde eu vinha... Entre mim e Jack era assim: cada um mostrava uma coisa que interessava saber na língua do outro. A gente trocava palavras. Ensinei pra ele o "Cisne Branco". Jack me fez escrever a letra, decorou, perguntou o que queria dizer. Eu expliquei mais ou menos. Disse:

"Ah, se você ouvisse a Dalva de Oliveira!...". Ele quis saber quem era e eu disse que era uma rainha; *queen*, no caso.

O resto do tempo eu passava no banheiro, que tinha virado o lugar mais animado daquele barco. Pra lá ia quem quisesse fazer uma pergunta, saber as horas, mostrar uma habilidade, jogar baralho, tocar violão, batucar... Banho mesmo, com água doce, a cada dois dias. Nos outros, só o chuveiro de água do mar. A gente se refrescava mas não era grande coisa. O sal se metia em tudo que era dobra, ruga e buraco. Coçava. A gente se coçava e suava. Dez minutos, tava tudo fedido de novo. A gente tinha essa desculpa pra reclamar e continuar fazendo do banheiro a festa que era.

A luz vermelha nos corredores iluminava muito pouco, mas era assim que devia ser. Pra acostumar os olhos, se algum inimigo aparecesse de repente e a gente tivesse que subir rápido pro sol do convés e se defender.

Aquela luz vermelha também atraía os homens. Pra fumar, que nos quartos tinham proibido a fumaça. E em nome de fumar um cigarro de cinco minutos, acabavam amarrando conversa que varava noite. E o vermelho da lâmpada, e o amarelo das brasas, e o branco dos calções e dos dentes... eu ficava ali. As pessoas brilhavam. Quando alguém abaixava, eu reparava na coxa esticada; quando alguém se encostava, eu reparava na curva do corpo; quando alguém explicava uma coisa muito bem, eu reparava no desenho que as mãos faziam no ar; também reparava na atenção de quem ouvia... quando alguém tragava, eu aproveitava pra reparar nos olhos, que os olhos de quem fuma ficam abandonados nessas horas... me dava gosto.

Desse corredor eu me lembro como se fosse agora. E sinto o cheiro.

Dava oito horas, passavam a tranca. Entre as muitas coisas que a gente não podia fazer, a que me dava mais agonia era não ver a lua. *The moon!*, Jack comentou mais pra ele mesmo, como quem tinha uma ideia muito poderosa do que aquilo era. Depois me contou uma história. Uma história maluca: naqueles tempos, se alguma coisa boa acontecesse quando um barco entrasse na Europa, duas luas apareciam. Eu achei graça. Ele insistiu. Se fez de ofendido. Disse que era verdade e que podia provar.

Quando a gente começou a se acostumar com o que era pra ser rápido, confirmaram que a viagem tava no fim. *Did you see "Casablanca"?*, Jack me achou na cama. Me acordou com aquele palavrório. *The film*, ele repetia. Disse pra ele que só os oficiais tinham direito a cinema no navio. Ele apontava pras escadas, pra saída. Me puxou. Eu fui, que o Jack me fazia bem. Não sei o que o Jack dizia pros guardas. Ninguém barrou o nosso caminho.

Depois de quinze dias no meio da água, ver a vida existindo em cima da terra atrapalhou a minha respiração. *Tânger*, Jack apontava um cobertor de luz que se derramava longe... e foi a última coisa que ele me disse naquela noite. Colocou a mão no meu ombro enquanto o navio avançava, e as luzes pararam de pular. Os prédios se separaram, as ruas se esticaram e as janelas se abriram. Jack me pegou como quem fosse me jogar na água. Mas nada de ruim aconteceu. Me beijou com hálito de menta, me deitou no convés e me mostrou as duas luas. Uma logo por cima da gente. A que eu conhecia desde pequeno. A outra, do lado esquerdo, por cima das pedras, apontou pro navio, mostrando o caminho, puxando ele pra dentro da Europa. Era um holofote a segunda lua que Jack havia me prometido. Não fiz caso dessa mentira.

PRACINHA

(**cantando**) Você sabe de onde eu venho?
É de uma pátria que eu tenho
No bojo do meu violão;
Que de viver em meu peito
Foi até tomando jeito
De um enorme coração.
Deixei lá atrás meu terreiro,
Meu limão, meu limoeiro,
Meu pé de jacarandá,
Minha casa pequenina
Lá no alto da colina,
Onde canta o sabiá.

Por mais terras que eu percorra
Não permita Deus que eu morra
Sem que volte para lá;
Sem que leve por divisa
Esse "V" que simboliza
A vitória que virá:
Nossa vitória final,
Que é a mira do meu fuzil,
A ração do meu bornal,
A água do meu cantil,
As asas do meu ideal,
A glória do meu Brasil.

Para de cantar.

PRACINHA

Na despedida, foi o dia em que Jack pareceu mais bonito. Ainda não sei se é porque ele usava farda branca ou porque eu ia embora. Um começo de saudade... Bateu continência. Bati de volta. Aproveitou pra me passar um papelzinho. Um endereço. Nunca que eu pensei que fosse visitar o Jack, mas achei aquilo muito simpático.

A gente ia descendo e eles gritando: *Naples! Naples!*. Nápoles era na Itália e a nossa guerra era na Itália, mas a Itália era grande e a guerra era antiga e já tinha passado por lá. A gente tinha que correr atrás.

Conforme a gente era levado pra perto da briga, o inimigo fugia dela. Os italianos pareciam mais conformados de perder pra nós um pedaço da Itália. Os alemães não. Não entregavam a rapadura. Não que eles fossem tão amigos dos italianos, que naquela desgraça já não dava tempo de ser amigo de ninguém. Queriam era atrasar o nosso avanço, pra defender a própria terra. Tanta gente se juntando contra eles...

Ouvia dizer que o alemão era soldado muito furioso. Ia acreditando naquilo. Era tanta maldade na volta pra casa que estragavam tudo: plantação, pra ninguém ter comida; fábrica, pra ninguém ter trabalho; igreja, pra ninguém ter sossego. Eles chegavam a arrancar as folhas das árvores, deixando pra trás os esqueletos. Isso depois eu vi que era um exagero da minha burrice. Conhecia o calor e a chuva. Outono não. E era o outono, não o alemão, que fazia aquilo com as plantas. O outono deixava aquele lugar com uma cara de cansado. Um sol de palha, enferrujando as coisas. Chegava ser bonito.

No início foi um passeio. A gente se espalhou por onde precisava se espalhar. E rápido. Sempre no calcanhar do inimigo. Tudo o que mandavam a gente fazer, a gente fazia: policiar um prédio, ocupar um terreno, construir uma ponte...

Até o 10 de outubro de 44 eu não conheci a guerra. Era Domingo. Era Domingo porque tinha sino, tinha sino porque tinha missa e também tinha aquela leseira que todo Domingo tem, mesmo em Pescia, uma aldeinha de nada. Tava no *jeep*. Eu e o cabo Demétrio, que era loiro, de olhos verdes e do Recife. Uma beleza só. Ele me contava que isso era muito comum naquelas bandas. Quando eu perguntei por que era daquele jeito, ele não respondeu. Insisti pra saber, mas no que eu me virei o cabo Demétrio não estava mais comigo. Tinha o olho aberto que não via. Tinha um furo no bolso. Um furo novo que se encheu de um melado vermelho escuro. Me abaixei rápido, procurei esconderijo onde esconderijo não se achava... Aquele carro sem capota e eu ali, encolhido e querendo ficar menor.

Num instante, eu senti que não precisava. O inimigo tinha escolhido o cabo Demétrio, loiro, de olhos verdes. Vai ver pensava que era um traidor.

Nunca gostei de ver gente machucada; mas depois daquele 10 de outubro, quando eu dividi a morte com o cabo Demétrio e ele ficou com a pior parte, entendi que era preciso deixar algumas manias de lado... se eu ia me pôr no perigo, melhor não ligar pra ele; na ignorância era mais preparado. Não era fácil. Sem querer, um dia depois do outro, a gente aprende. E fica com medo...

Numa noite, íamos eu e outros dois levando ração extra prum pessoal na linha. Disseram, o oficial que deu a ordem disse, que o alemão tava entocado coisa de um quilômetro do nosso caminho. Como era nosso o oficial e não do inimigo, aconteceu do alemão não respeitar a distância.

Tavam de patrulha quando justamente eu dei de pisar numa maldição. Uma coisinha que chamava *very-light* e que quando você pisava, por uns dois minutos, era que nem um holofote. A minha plateia, no caso, era o alemão. Três. Dois confiando que o outro ia fazer a Lourdinha gargalhar. Mas a Lourdinha engripou e rajada não veio. Tudo muito rápido, no meio da luz branca; eu fiz a minha metralhadora fazer o que a do alemão não fez. Não deu nem tempo de sentir ódio. Corri pra treva. Eu e os outros demos uma boa carga e escondemos numa pedra. Estrelas começaram a despencar. Era munição traçante que caía sem dó por cima da gente, como num São João desvairado. Lembrei-me da Bíblia.

O soldado demora pra acostumar. Claro que nenhum de nós sabia o que era uma guerra. Tinha o treinamento e a vontade. Isso não era pouco, mas era quase nada. Já o civil, que a guerra tinha passado por cima, acostumava melhor com o que doía, fazia falta e o que não podia...

Não podia dançar foxtrote; não podia conversar à vontade; não podia visitar uma pessoa sem motivo; não podia ter cachorro; não podia apanhar uma fruta; beijar, gritar, correr, colocar a mão no bolso; não podia trocar de roupa; não podia parar de andar...

Era como uma romaria no fim. Apareciam de todo lado, principalmente na contramão. Um pessoal sem endereço; cuidando de pôr um cigarro na boca e qualquer coisa na barriga. Eles tinham visto o bicho e dava pra ver o bicho na cara deles. Eles eram os *sfollati*, que em italiano quer dizer isso mesmo: esfolado.

Esfolado, danado, precisado, abandonado, fodido...

Tive dó, mas um capitão de Uberaba me proibiu. Disse que no meio daquele bando de miserável que a guerra ia empurrando pra gente cuidar, tinha sempre um espião. "Sempre" eu achei demais. O homem me deu um pito: "Quem garantia que todo miserável preferia acreditar na nossa promessa e não na do inimigo?". Tirou uma foto de mulher do bolso. Perguntei se era dele. Falou que não; que era uma viúva. Por causa de um esfolado daqueles, que bateu pro alemão a localização da turma. Aquilo calou a minha boca. Continuei cumprindo a ordem: "alimentar" e "investigar".

Biscoito duro, biscoito farinhento, latinha de carne com ovo, doce de fruta, saquinho de café, saquinho de açúcar, cigarro, chiclé, fósforo, queijo, sopa, limão em pó, suco de tomate, mingau, leite, presunto, pão torrado, torta doce, manteiga, salsicha, purê de batata, milho, vagem, espinafre, compota de pera, chá... e eu ainda me lembro de muitas outras comidas; que sempre variava, que eles queriam animar a gente pelo estômago.

A fartura não era só pro soldado. A pessoa que planejou aquela guerra era esperta. Se a gente queria os italianos do nosso lado, não adiantava só bater. Também tinha de agradar. Era o meu dever. Gostei muito quando recebi essa obrigação. Se a gente ganhava uma cota, se fazia o inimigo correr de um povoado, logo ia eu no caminhão, um caminhão de comida pra ajudar os italianos a acreditar na gente. Precisou eu chegar num lugar desgraçado daqueles pra me sentir rico.

Não dava tempo de construir quartel praquela tropa. A gente ia se aboletando onde conseguia: um barracão, uma prefeitura, uma sacristia, uma estrebaria, uma casa de família. Se eu sacolejava num caminhão, cavava um buraco, arrastava na lama, dava tiro, isso era o serviço. Mas voltar pra uma casa... na guerra?! Era um incômodo.

Aquelas pessoas tentando continuar a vida e a gente continuando a guerra.

Pra família do seu Luigi era como trocar de inquilino; só que ninguém pagava aluguel. Eles tinham de engolir, primeiro o alemão, depois a gente. Um dia disse isso pro velho, se ele não ficava ofendido com a nossa bagunça. Deu risada e tossiu. Fumava muito o seu Luigi. Foi Loretta quem disse que era muito melhor: o tedesco só tirava, o brasiliano sempre dava alguma coisa.

Mais uma vez, eu tive a confirmação da esperteza daquele homem que planejou a guerra...

Loretta foi o primeiro assunto nosso quando a gente recebeu a ordem de pousar naquela casa. Um sargento de Imperatriz reuniu o grupo e avisou que ali morava um velho e os três netos dele: dois pequenos e uma menina, Loretta. Usou aquela palavra, "menina", como um recado: pra gente continuar vendo uma menina onde todo mundo tava vendo uma mulher. Assim foi, que ninguém ia deixar de ver o que o sargento queria que a gente visse.

Loretta tinha uma teimosia com a guerra. Tudo o que quebrava, ela guardava pra consertar depois. Tinha um caixote cheio de caco de louça, fotografia amassada, relógio parado, sapato sem salto, óculos rachado, livro sem capa... Falei que ela podia comprar novo quando a guerra tivesse "finita". Ela não aceitou. Disse que tudo precisava ser como tinha sido. Que eu não tinha o direito de querer mudar as coisas se eu não tinha visto como elas eram antes. Lembrei-me da casa da minha vó, inteira, no alto do morro, protegida da enchente... Disse para Loretta ter calma. Disse o que ela queria ouvir. Menti: que tudo ia voltar ao normal. Ela ficou feliz e me beijou. Um beijo que ficou comprido pra ser só de agradecimento. Quando a língua dela apareceu na minha boca, fiquei um pouco com ela, pra não ser ingrato com a Loretta. Como é que eu ia explicar pra ela que eu tinha mais dela do que ela de mim?!

Miguel era um operador de telégrafo de Pontes Lacerda e andava nervoso, ouvindo uns apitos e uns suspiros dentro da cabeça, querendo por todo custo fazer parte de patrulha perigosa em qualquer turno. Como ele me disse que gostava de frango recheado e tinha um nariz espalhado na cara que fazia uma combinação bonita com o rosto, resolvi que ia ser bom pra mim e pra ele que um frango daquele jeito pudesse ser feito.

Com duas latas de carne, chocolate e três maços de cigarro Yolanda, Loretta arrumou um frango, sabe *Dio dove*, e, na cozinha com duas velas de sete dias, fiquei com o Miguel pra fazer o que ele precisava. Peguei uma bacia de louça e limpei bem aquele frango magro; esfreguei nele sal, pimenta-do-reino, vinagre, alho esmagado e alecrim, que a Loretta trouxe de um pé atrás da casa. Esquentei bem a banha de porco e fui pondo a carne. A pele se retorceu num torresmo que estalava sozinho, enquanto escorria num pedaço de papel-manteiga. Miguel ficou perto, dizendo que aquela era a melhor parte, me chamando atenção pro dourado da fritura. Eu senti o calor dele junto com os temperos e aquilo me pareceu uma sorte. Pro recheio, derreti o toicinho, juntei os miúdos picados, a cebola, o tomate, mais alho esmagado, azeitona, farinha e sal, conforme o Miguel mandava e a gente ia ficando amigo. Faltou cheiro-verde, que essas coisas delicadas tinham parado de crescer na terra da Itália nessa época. Não foi problema. Juntei o ovo picado, e o Miguel caiu em cima do prato cheio. Eu fiquei olhando ele matar a fome e a saudade com agradecimento. Loretta, que fingia ficar longe mas zanzava por perto, nem quis pedaço. Só uma hora, quando o Miguel ainda se encurvava no prato que não tinha atenção pra mais nada, ela piscou pra mim, veio no meu ouvido pra cochichar: *Ma che bello ragazzo, hã?!*. O que me fez ter a certeza de que ela percebia tudo o que não se podia pensar e que era uma coisa de quem não era mesmo menina... mas eu não comentei isso com aquele sargento de Imperatriz.

Dois ou três dias depois, veio um capitão de Novo Horizonte pra dizer que aquela terra estava limpa e que a cobra ia fumar mais pra outro lado. Numa única madrugada, fomos todos embora de uma vez, sem tempo de despedir da Loretta.

Saímos de mais aquela baixada e nunca de ficar reto. E o frio, vencendo a costura da nossa roupa. Começou a escurecer às quatro da tarde, numa noite que durava até o dia seguinte na hora do almoço. E apareceram uns capotes que deixaram a gente muito bem-vestido pra ocasião. "Montese! Montese!", gritavam de um caminhão pra um tanque, de um *jeep* pra uma bicicleta. O negócio era o avanço. Pra lá a gente ia. Sempre subindo, até o dia em que caiu um grão de neve no meu ombro. Era leve, espalhada, que fazia ela mesma girar e dançar até dar com a cara no chão. Caiu outra. E foi caindo, de um jeito que a terra se cobriu daquilo. Um cabo de São Leopoldo perguntou se eu já tinha visto neve. Ele já, bem pro sul da casa dele, contando vantagem que podia distinguir muito bem um branco dentro do outro e que aquilo podia até ser bonito, mas ia pegar todo mundo de jeito.

Teve razão. A neve, que naquele começo mais parecia um floco de leite, começou a pesar e cutucar e endurecer até que atolou a gente no gelo puro.

Onde se cavava com pá começou a se cavar com baioneta. Onde a pá vinha com dois quilos de terra, só saía a triscada do gelo, de uma maneira que, pra cavar um buraco pra um soldado que fosse, podia se perder o dia. E apesar de tudo o que nós subimos, Porreta Termi ainda era uma beirada da montanha, uma colher gigante, de açúcar bem branco e cercada de morro... nós, brasileiros, embaixo, o alemão em cima, sentado no Monte Castelo. Era aquele castelo que a gente tinha que pegar pra nós. A gente tentou, uma, duas, três vezes... nada. A gente sabia que ia pro sacrifício. Mas ia. Fazer o quê? Morreu tanta gente nessas brigas perdidas que até fizeram um cemitério brasileiro por aquelas bandas...

Pra diminuir essa facilidade pro inimigo, os americanos tinham cavado uma valeta, jogado óleo e acendido fogo em volta da nossa posição. Subia uma cortina de fumaça preta que deixava a gente invisível, mas também não deixava a gente ver do outro lado. A fumaça do óleo queimado, às vezes, juntava com as nuvens, de uma maneira que a gente se via num túnel ainda mais escuro. Às vezes, não. A coluna preta subia reta, indo dar com o céu estrelado. Ali nós ficamos, esperando e tossindo no meio do óleo queimado.

Tinha que inventar o que fazer. Boneco de neve, guerra de gelo, essas coisas... cheguei a ouvir fulano pedir por uma batalha, um contra-ataque do alemão, qualquer coisa, que a rotina sem distração pode acabar com um mais que bala.

Um dia trouxeram um sapato que era como uma raquete de tênis, pra ajudar a caminhada naquela ocasião. A gente andava como se tivesse uma doença pelo meio das pernas... Também fiz um curso de esqui, aprendi a firmar o joelho e não tropeçar no próprio sapato, de um jeito que eu podia demorar pra chegar num lugar, mas chegava sem deixar cair o que eu levava.

Pra gente não esmorecer de frio e nem dizerem que o avanço tinha estrangulado, se aproveitava a noite pra cavar um buraco fora da cortina de fumaça, na direção dos morros do alemão. O americano e o inglês chamavam de *foxhole*, que um oficial de Barbacena disse que queria dizer "toca de raposa". Pra mim, que nunca tinha visto um bicho daqueles, ficou o nome que mais parecia com que a gente fazia, que era "buraco de tatu".

Meio metro, um metro. Cavava. Metia a picareta pra abrir aquele chão difícil. Passava a viver ali. Encolhido. Atento. Chegava a esquecer os pés, sempre embaixo d'água. Vi americano tirar a bota com um pedaço do pé, um dedo preto de gangrena. A gente teve tanto medo de ficar aleijado por um nada desses que arranjou uma solução. Não usava os coturnos. Preferia as galochas, que se forrava com jornal e palha. Isso eu posso dizer que a gente ensinou pros americanos, que sempre ensinavam tudo pra gente.

Às vezes acontecia do alemão jogar lá umas granadas, mas isso nem sempre, porque se eles começassem a atazanar muito a gente, a gente ia saber exatamente onde eles estavam, então podia mandar bala pra cima deles.

Pra isso tinham trazido aquele monte de arma pesada. Dava gosto de ver como os soldados tratavam o canhão. Punham até nome: Deodoro, Cananeia, Vingador... e assim ia, cada um nomeando conforme uma homenagem ou uma intenção. Tinha uma turma de pracinha pra cada peça daquelas. O que recebia a ordem, o que calculava, o que municiava e o que puxava a corda do tiro. Era uma confiança e um amor tão grande pelo canhão, que ficavam por ali mesmo, morando junto. A turma do "Caboclo" era a mais organizada. O nome era porque todos os quatro que cuidavam daquela peça tinham vindo do norte de Minas. Dois deles até da mesma cidade pequena, que agora eu esqueci qual era, mas fazia morder e enrolar o fim das palavras. Eles achavam uma sorte de ter caído no mesmo grupo, sendo quase do mesmo endereço. Então tinham cavado uma verdadeira casa de família pro canhão batizado "Caboclo". Tinha uns três por seis, parede e teto forrado de tora de madeira e mais umas palhas, pra evitar que a neve pingasse dentro. Não evitava. Por mais que fosse o cuidado, sempre tinha uma poça de lama no meio daquele quarto. Geraldo, o calculista, tinha espalhado foto de família, de Jesus e mesmo de uma mulher *pin-up*, com um maiô dessa fundura... tudo junto na parede, como era junto na mente dele. Convivia com isso, quatro camas amontoadas, um fogãozinho de lata de banha, uma lamparina, o rádio e a munição, os "caramelos", como eles diziam.

Levava o café da manhã e, quando eu chegava, porque eles tinham feito amizade comigo, logo pediam autorização do comando pra mandar um caramelo daqueles lá pra cima. Chamavam isso de "tocar a alvorada", pra acordar o alemão... o chão tremia, a lata cuspia cinza e a lamparina apagava. Quando o Caboclo deu o tiro de número mil, alguém arranjou um vinho espumoso, que a gente estourou feito champanhe. Se alguém se acidentava, levava um estilhaço ou caía doente, ficava muito triste de ter de ir pro hospital e deixar os companheiros...

As cartas eu levava junto com a comida. Não sei o que alimentava mais, se a leitura ou a ração...

Nessa época, minha vó escreveu. Não ela, de verdade.

Mesmo sabendo colocar uma ideia na frente da outra, não se interessava por novidade. Percebi a letra de um irmão, mas podia ser um tio ou mesmo os dois se ajudando: eu percebia aquela música que ela usava pra contar como a vida ia se arranjando. Era como sempre. A vida teima. Disso ficava sabendo por essas cartas faladas. Foram quatro: uma por eu próprio, que a saudade parecia maior na primeira hora, quando ela passou a dispor de tudo menos um; depois ela escreveu por todos aqueles que não eram eu, dando conta do que lembrava de alguns e esquecia dos outros, que a mente dela já não guardava tantas dessas coisas. Na terceira falou só da guerra que ela ficava sabendo no Brasil, que até parecia mais cheia de coisa, mas sem a consequência dolorosa do que passava desse lado. No fim falou só do pano de prato com bordado de flor e que eu ainda guardava comigo. Disse que sempre procurava o pano da flor na gaveta e se lembrava de mim e que era melhor que eu mandasse o pano de volta, pra evitar essas lembranças atravessadas no dia dela.

Aquelas quatro cartas da minha vó sempre me acertaram direitinho onde eu estava, no lugar, na hora e na ordem certa. Acontecia muito problema com isso. Era um tal de uma pessoa cumprir uma promessa numa carta que o soldado nem sabia que ela tinha feito, e depois chegar a promessa sendo feita lá atrás... Também acontecia o pior: as cartas trazendo mais tristeza pra situação. Assim foi com um pracinha de Indaiatuba, que vivia falando das provas de amor que a noiva tinha dado na partida e ainda não tinha recebido um telegrama que fosse. Quando recebeu uma carta veio pra mim; pedir pra ler melhor, que ele tinha dificuldade. No que eu lia, uma primeira vez pra mim mesmo, pra poder ler melhor pro dono na segunda vez, fiquei sabendo antes dele que uma certa Honorina, a noiva, não estava mais na casa da mãe dele como o combinado, mas que tinha se feito de outro, com quem tinha sumido no mundo sem guerra. Naquele dia, uma luz me disse que eu devia cometer um engano. Então eu li a carta que o pracinha queria ouvir, que era uma carta de amor como as outras que não vieram. Inventei um motivo e uma espera que aquele homem já não tinha, mas eu achei muito ruim que ele soubesse de tudo. Até hoje sinto que fiz bem, porque não vi mais aquela pessoa e não queria ser a desgraça dela, mesmo que eu não tivesse culpa.

Tudo tem fim. O que é ruim e o que é bom. O inverno também acabou. Não de uma vez. Foi se acabando. O gelo virou água que a terra bebeu. Onde a guerra deixava, os matos cresciam de novo e começaram a aparecer as primeiras flores. Eram miudinhas e coloridas. Não combinavam com aquilo.

Pensei ter ouvido um sabiá. Isso era impossível. Mas eu ouvi um passarinho. Perguntei pros outros. Eles também tinham ouvido. Aí a gente se deu conta que não se atirava fazia uns três dias. Nem nós, nem o alemão. Eles tavam indo embora.

Depois de tanto tempo emburacado, olhando pra cima na direção do Castelo, tinha até esquecido de perceber o chão. A nossa sorte foi a fome do cabo Orlando de Piraju. Foi ele que viu um porco esquecido na terra de ninguém e desembestou atrás do bicho. A gente só ouviu o barulho da explosão. Cabo Orlando apareceu mudo e coberto de sangue. A gente apalpou, apalpou mas não era ferimento dele. O homem só apontava. A gente foi ver e viu o infeliz do porco que já nem era mais. Tinha pisado inocente numa mina. Acabou servido aos pedaços, com sal, na fogueira, naquela mesma noite. Cabo Orlando não comeu e não abriu a boca até que eu me perdi dele. O churrasco não foi uma festa. A gente percebeu que tinha que redobrar o cuidado. Os homens do pelotão antiminas explicaram aquela nova maldade do inimigo. É que quando se toma conta de um lugar, as minas são armadas que nem num tabuleiro. Assim, se achando uma primeira, fica lógico achar as outras. Naquele caso não. Na fuga, o alemão não tinha esse cuidado. Ninguém mais podia confiar no chão.

Eu fiquei sabendo que o Monte Castelo tava caindo conforme chegavam os machucados. Naquela tarde eles vinham felizes. Tava dando certo. Num dia, a gente acabou com o que vinha acabando com a gente. Foi a única vez que os generais se misturaram com os soldados. Na festa, chegavam a agradecer. Eu respondia: por nada.

Quem pensa que é difícil começar uma guerra não pode imaginar como é complicado acabar com ela. As cidades, as casas, fica tudo sem dono. E na falta de dono, quem é que manda?

Pior: se o comando de um exército diz "retirada", não quer dizer que todos vão embora; nem que todo mundo ouviu a ordem. Não dá nem pra dizer que todos que ouviram vão obedecer. Sobrou pra nós limpar a última sujeira. O meu grupo de faxina era eu e mais três. Como o serviço parecia fácil, a gente se separou pra dar uma busca naquela chácara. Dois foram pra casa, outro bater o pasto e eu pra tulha. Queria encontrar nada e encontrei um susto. Deitado num monte de saco de farinha estava um alemão. Fardado. Um soldado alemão. Tinha as mãos cruzadas por cima da barriga. Pra mim era um cadáver. Mas se mexeu. Olhou pra mim.

Vi que as mãos na barriga cobriam um buraco. O sangue meio saindo, meio parando. Demorei um pouco. Encostei o fuzil na parede e me abaixei pro soldado alemão. Procurei por alguma coisa e não achei. Bati a mão no bolso. O pano de bordado de flor da minha vó. Apertei forte no ferimento. Gritei pelos meus amigos mas foram outros que vieram: soldados, alemães. Vi os quatro entrando. Vi que eles perceberam meu fuzil encostado na parede, longe de mim. Eles não tentaram pegar minha arma e eu não parei de apertar o pano bordado de flor por cima do buraco na barriga do amigo deles. Falavam naquela língua que raspava na garganta. Falavam entre eles. Falavam comigo. Eu não entendia. Pareciam cansados, enjoados daquilo. O mais velho, o que parecia mandar nos outros, não tirava os olhos de mim.

De repente eu tive um medo. Um medo de morrer na hora em que era o alemão que devia estar morrendo. Então eu pensei que aquele alemão, com um buraco na barriga, coberto com o pano bordado de flor da minha vó e que eu espremia, ele, podia não morrer. E mais, que assim eu podia salvar a minha vida, que ali era quatro contra um. Com calma, sem deixar de devolver o olhar pro velho alemão, deixei de espremer o pano, levantei, arranquei uma tábua da parede e coloquei do lado do ferido. Falei baixo, porque eles não iam entender mesmo. Pedi ajuda. Mostrava a tábua e com os braços fazia eles entenderem que precisava de alguém para colocar o esburacado ali e carregar ele pra fora. Um alemão olhava pro outro e todos olhavam pro velho. O mais moleque deles não esperou. Largou a metralhadora no chão e ergueu as pernas do desgraçado. Não sei que luz me iluminou, mas eu convenci todo mundo do que era melhor. Saímos dali, eu e o alemão moleque carregando a maca com o ferido. Atrás, vinham os outros, desarmados, arrastando os pés. Meus amigos apareceram nessa hora, mostrando a raiva que deviam mostrar. Apontaram pros alemães. Todo mundo ficou de mão pro alto, menos o moleque, eu e aquele outro, sangrando no pano da minha vó. Como meus amigos estavam no nosso caminho e aquilo já demorava muito, falei: "Dá licença, dá licença". Fui direto pra enfermaria.

Nessa daí, ganhei uma medalha... por "bravura"...

Mentira, devia ser por medo... mas eu não reclamei.

A luta naquela Itália estava acabando. Os cadáveres começavam a brotar do chão. Uma bota, uma mão, uma cabeça. Bem no fim, brotavam do chão... Parecia que queriam levantar.

O fim da guerra me pegou rezando por gente que eu não conhecia; pelas filas e filas de mulheres com crianças de colo; pelas crianças no colo das mulheres, pelos cegos, pelos burros, pelos porcos, pelos aleijados. Por um homem que beijava a mulher morta, cheia de poeira, por baixo da casa destruída.

Da volta eu esqueci, que nem o pano bordado de flor da minha vó, espremido no buraco da barriga do alemão. Apareci naquele campo de futebol onde outros meninos, novos, continuavam jogando o mesmo jogo. Tive abraços e convites, mas aquilo já não cabia. Um dia virei as costas, aluguei um quarto e cozinha e fiquei mais comigo.

PRACINHA

    (cantando) Venho do além desse monte
    Que ainda azula o horizonte,
    Onde o nosso amor nasceu;
    Do rancho que tinha ao lado
    Um coqueiro que, coitado,
    De saudade já morreu.
    Venho do verde mais belo,
    Do mais dourado amarelo,
    Do azul mais cheio de luz,
    Cheio de Estrelas Prateadas
    Que se ajoelham deslumbradas,
    Fazendo o sinal da cruz!

    Por mais terras que eu percorra
    Não permita Deus que eu morra
    Sem que volte para lá;
    Sem que leve por divisa
    Esse "V" que simboliza
    A vitória que virá:
    Nossa vitória final,
    Que é a mira do meu fuzil,
    A ração do meu bornal,
    A água do meu cantil,
    As asas do meu ideal,
    A glória do meu Brasil.

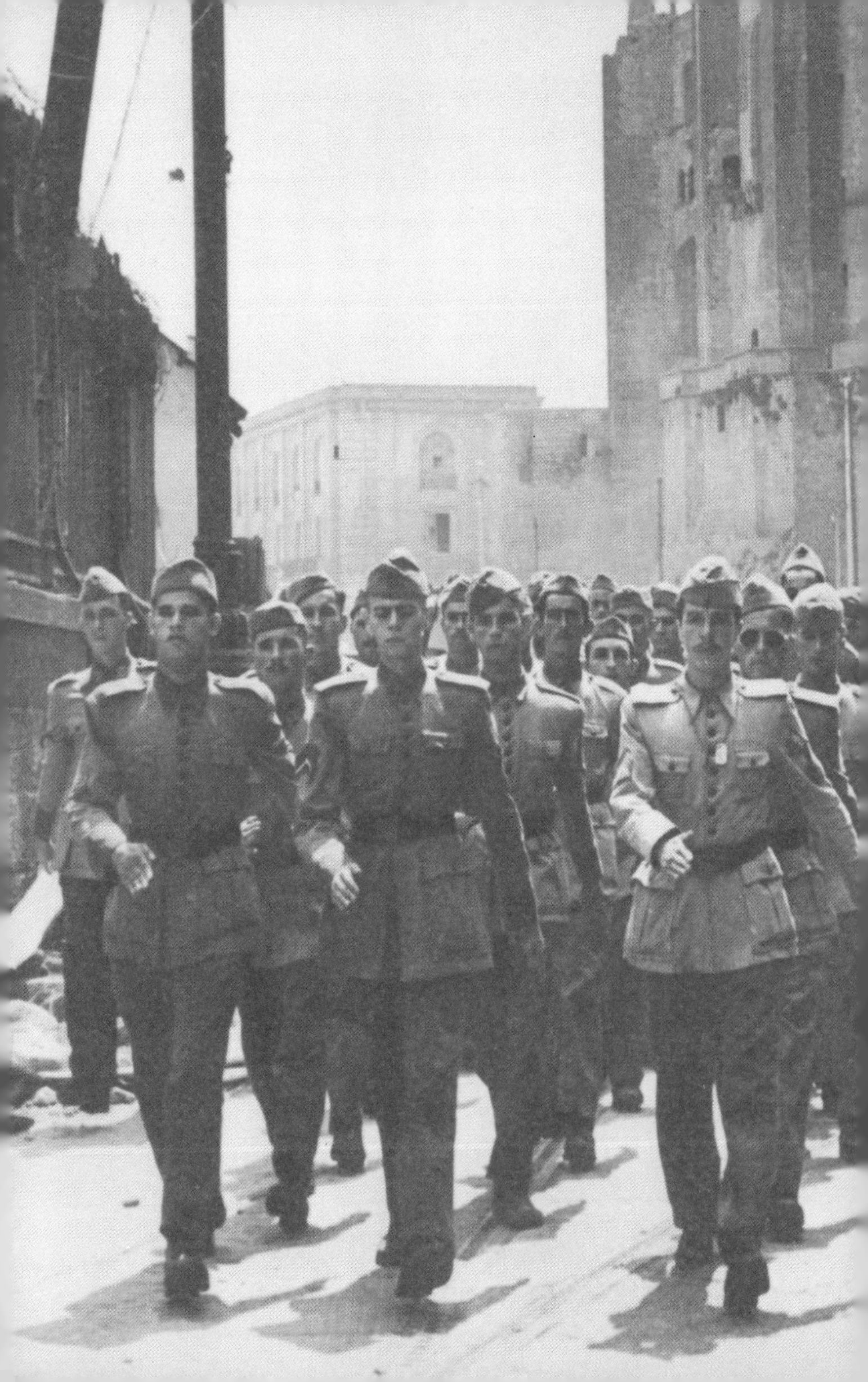

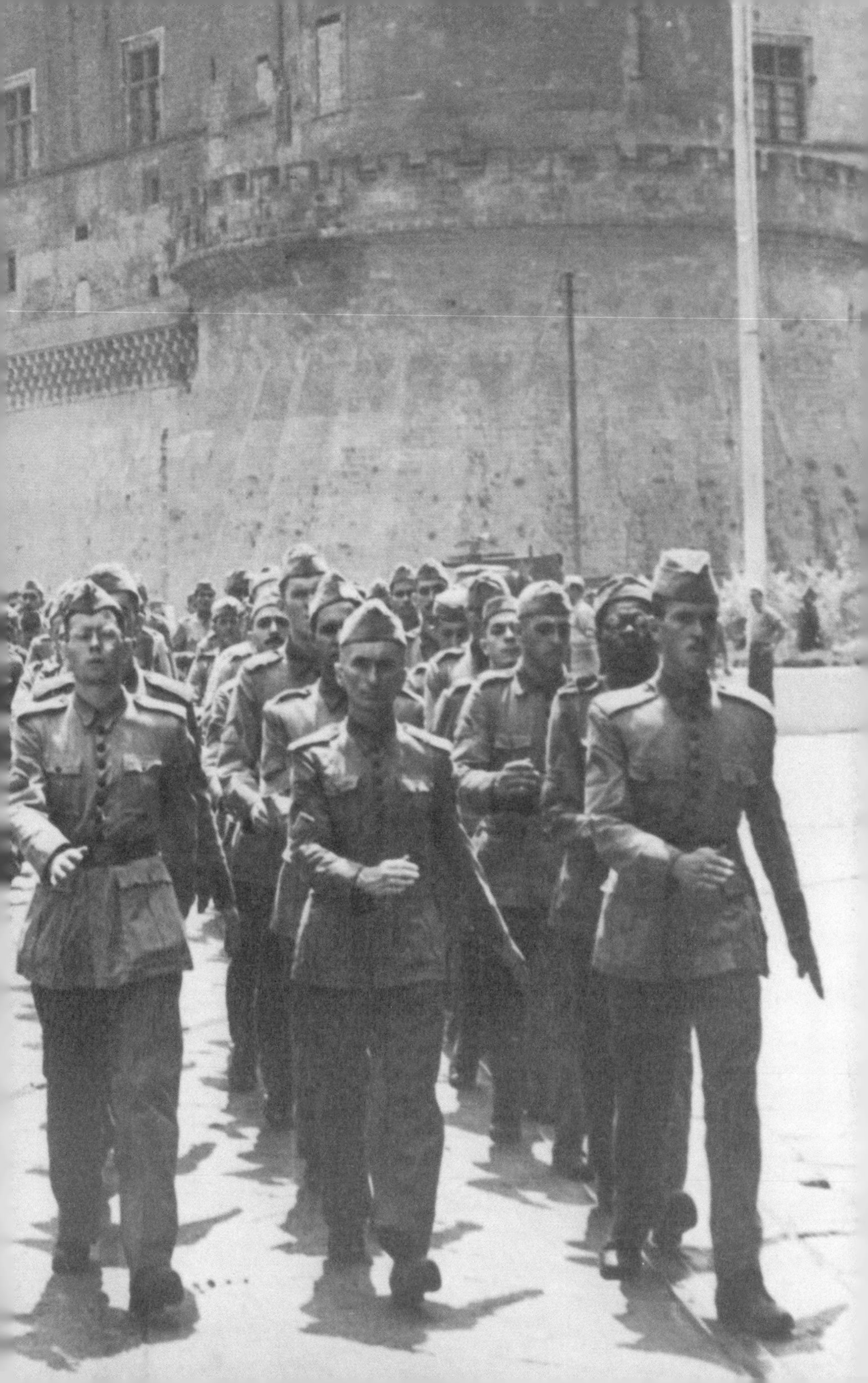

Fernando Bonassi

Fernando Bonassi nasceu em 1962 no bairro da Moóca, em São Paulo. É roteirista, dramaturgo, cineasta e escritor de diversas obras, entre elas *Subúrbio* (Objetiva), *Passaporte* e *Declaração Universal do Moleque Invocado* (ambos pela Cosac Naify). No cinema, destacam-se os roteiros de *Os Matadores* (de Beto Brant); *Estação Carandiru* (de Hector Babenco), *Cazuza* (de Sandra Werneck) e *Lula, o Filho do Brasil* (de Fábio Barreto). No teatro, as montagens de *Apocalipse 1,11* (em colaboração com o Teatro da Vertigem), *Souvenirs* (com direção de Márcio Aurélio), *Arena Conta Danton* (com direção de Cibele Forjaz) e *O Incrível Menino na Fotografia* (texto e direção). Foi corroteirista do seriado *Força-Tarefa*, da Rede Globo.

Victor Navas

Victor Navas nasceu em 1962, em Santos (SP). É roteirista desde 1987, realizou trabalhos para cinema, TV e teatro. Entre eles, colaborou nas séries *Castelo Rá-tim-bum* e *Mundo da Lua*, da TV Cultura. No cinema, foi roteirista de *Os Matadores* (de Beto Brant), *Estação Carandiru* (de Hector Babenco), *Cazuza* (de Sandra Werneck), *Um céu de estrelas* (de Tatá Amaral) e *Ação entre amigos* (de Beto Brant), ambos em parceria com Fernando Bonassi. No teatro, a parceria se repete em *3 cigarros e a última lasanha* e *Souvenirs*.

Edição
Adilson Miguel

Editora assistente
Bruna Beber

Revisão
Gislene de Oliveira
Lilian Ribeiro de Oliveira

Edição de arte
Marisa Iniesta Martin

Pesquisa iconográfica
Rosa André
Vanessa Manna

Tratamento de imagens
Fernanda Crevin

Projeto gráfico
Marisa Iniesta Martin

editora scipione

Av. Otaviano Alves de Lima, 4400
6.º andar e andar intermediário Ala B
Freguesia do Ó
CEP 02909-900 – São Paulo – SP

DIVULGAÇÃO
Tel.: 0800-161700

CAIXA POSTAL 007

VENDAS
Tel.: (0XX11) 3990-1788

www.scipione.com.br
e-mail: scipione@scipione.com.br

2011
ISBN 978-85-262-8301-5 – AL
ISBN 978-85-262-8302-2 – PR

Cód. do livro: CL: 737234

1.ª EDIÇÃO
1.ª impressão

Impressão e acabamento
EGB – Editora Gráfica Bernardi – Ltda.

• • •

Ao comprar um livro, você remunera e reconhece o trabalho do autor e de muitos outros profissionais envolvidos na produção e comercialização das obras: editores, revisores, diagramadores, ilustradores, gráficos, divulgadores, distribuidores, livreiros, entre outros.

Ajude-nos a combater a cópia ilegal! Ela gera desemprego, prejudica a difusão da cultura e encarece os livros que você compra.

• • •

Conforme a nova ortografia da língua portuguesa.

Crédito da foto das pp. 38 e 39 (FEB na Itália):
Archive Photos/Getty Images

Dados Internacionais de Catalogação na Publicação (CIP)
(Câmara Brasileira do Livro, SP, Brasil)

Bonassi, Fernando

Uma pátria que eu tenho: monólogo teatral / Fernando Bonassi, Victor Navas. – São Paulo: Scipione, 2011. (Escrita contemporânea)

1. Teatro brasileiro I. Navas, Victor. II. Título. III. Série.

11-02676   CDD-869.92

Índice para catálogo sistemático:
1. Teatro: Literatura brasileira 869.92

MISTO
Papel produzido a partir de fontes responsáveis
FSC® C103020

Este livro foi composto em Rotis Semi Serif e Rotis Serif
e impresso em papel Paperfect 104 g/m².